Nozomi Mino Presents

KÜSSE & SCHÜSSE

Verliebt in einen Yakuza

Juniorboss

Toshiomi Oya

Studentin

Yuri

Yuri ist Studentin. Sie hat einen starken Sinn für Gerechtigkeit. Nach dem Attentat auf Oya hat sie sich entschlossen seine Geliebte zu werden.

Oya ist der Juniorboss des Oya-Clans. Er ist ein sehr höflicher und kultivierter Mann. In der Unterwelt würde sich jedoch niemand trauen, sich ihm zu widersetzen. Ist von Yuri besessen, seitdem ihr Mut ihn schwer beeindruckt hat.

Was bisher geschah

Nach dem Attentat auf den Yakuza-Juniorboss Toshiomi Oya ist die Studentin Yuri bereit sich seiner leidenschaftlichen Liebe hinzugeben. Sein Leben mag zwar gefährlich sein, doch sie geht das Risiko ein und wird seine Geliebte.

Als ihre Gefühle füreinander immer stärker werden, beschließen Oya und Yuri eine Reise nach Shanghai zu unternehmen. Dort erwartet sie jedoch Semilio, der Boss der russischen Mafia. Weil er von Oya besessen ist, will er ihm eins auswischen und entführt Yuri, um sie rücksichtslos und mit Gewalt zu seiner Geliebten zu machen. Doch zum Glück erscheint Oya in allerletzter Sekunde und rettet sie. Mit den Worten »Ich komme bald zurück« verabschiedet er sich von ihr und begibt sich in den Kampf gegen Semilio.

Das Ende ihres Abenteuers in Shanghai ist gekommen.

...Zeit zum Amüsieren!

Oyas Wut auf Semilio entfesselt einen Kampf zwischen dem Oya-Clan und der russischen Mafia. Die allein zurückgelassene Yuri bangt um sein Überleben und durchlebt eine Nacht des Grauens.

Du lebst, also mach diese Erinnerung zu einer schönen.

Endlich bricht der sehnsüchtig erwartete Morgen an ...

Inhalt

Mir war bewusst ...

... dass ich mich ihm nicht hätte nähern sollen.

Und dennoch ...

... ergriff ich seine Hand.

Schuss
08

Twitter

@nozomi_mino

Hier findet ihr Ankündigungen und Skizzen zum Manga.

@monthly_cheese

Das ist der offizielle Account der Redaktion von Cheese!
Ab und zu poste ich hier Twitter-exklusive Bilder,
darum schaut doch mal vorbei.

Meine
Tränen über-
deckten
alles.

Ich nahm
nicht einmal
mehr den Duft
deiner Jacke
wahr.

Mein Körper
kühlte mehr
und mehr auf
dem eisigen
Boden aus.

»Oya ...!
Oya ...!«

Und die
Nacht verstrich
ohne ein Lebens-
zeichen von
dir.

12

Ich kann es alles wahrnehmen.

Hrmm

Aah!

Zuck

Hah

Küss

Küss

Ah!

Ich will nicht.

Ngh

Ungh

Yuri.

Hah

Hah

Mhn

Warte ...

Küss

14

Yuri.

Werd
eins mit
mir.

Noch
mehr
...!

アッ!!
ア!!

Gwipp

Yuri!

Und
ganz tief
in mir.

Aaah

Ich will
dich eng
an mir
spüren.

Hah

Ah

Ngh

Yuri!

Tief und
intensiv.

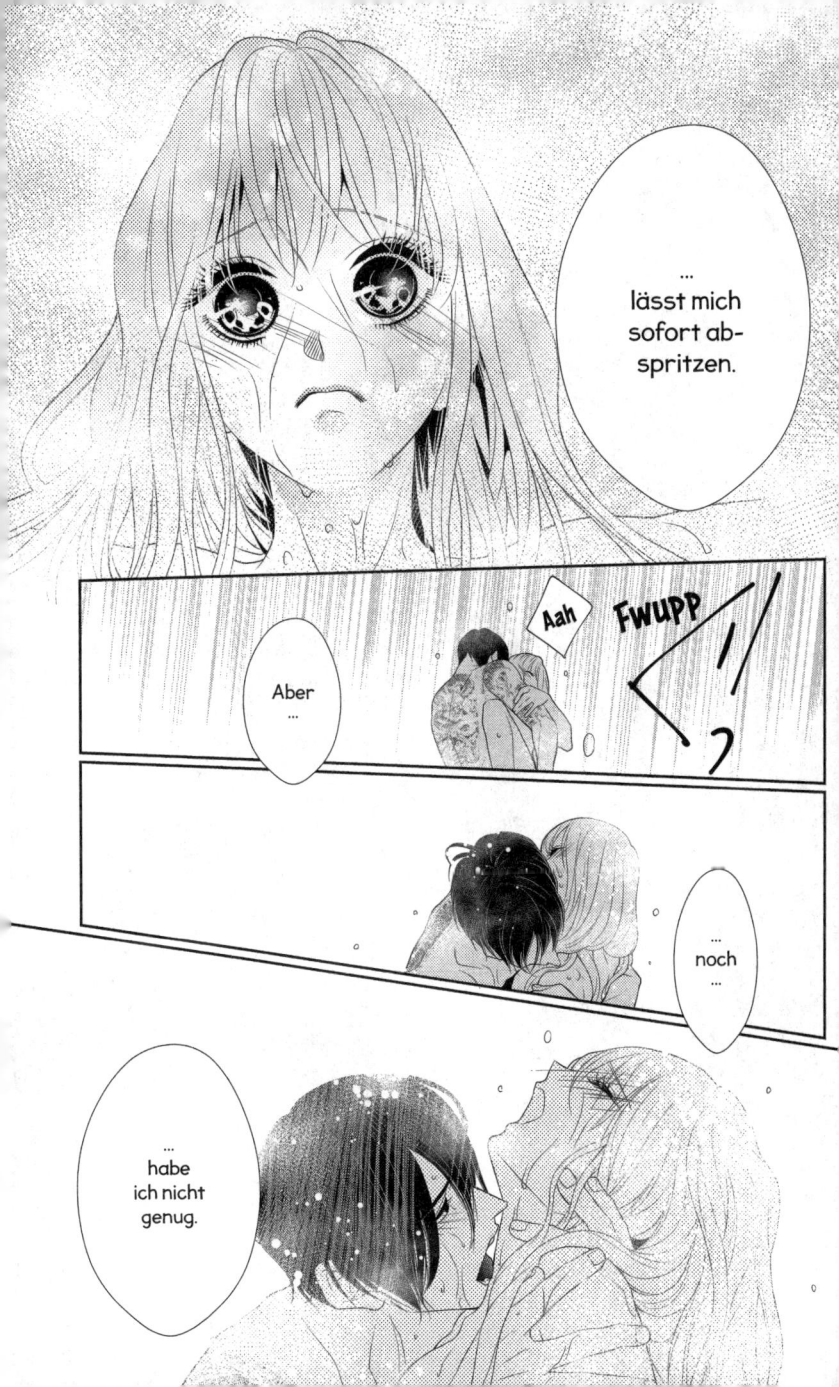

25

Kwiie
Yuri!
Kwiie
Oyaa.
Yuri!
Mein Bewusstsein ...
Kwiee
... trübt sich.
Ah!
Aber ...
... es ...
Kwiie
Yuri.
Yuri!
Kwiee
... reicht mir noch immer nicht.
Nh!
Yu...!

Ich bitte
dich, Oya
...

Hör
nicht
auf
...

... selbst
wenn ich
mein Be-
wusstsein
verlieren
sollte.

Nein.

Ich wollte wach bleiben ...

Warst du die ganze Zeit wach? Kannst du nicht schlafen?

wenn du munter wirst.

damit du meine Stimme hören kannst ...

... mit dir an meiner Seite aufgewacht wäre.

Aber so ...

Ich wäre bereits glücklich gewesen, wenn ich ...

Oya.

Und das nur, damit ich mich nicht einsam fühle?

... machst du mich gleich noch viel glücklicher.

Danke, Oya!

... bin auch froh, dein Lächeln wieder sehen zu können.

Ich ...

... werden wir sie ganz alleine verbringen.

Soweit es uns die Zeit erlaubt ...

Yuri.

... dass du wieder verschwinden könntest.

Natürlich habe ich Angst ...

Mir ist noch etwas eingefallen, Yuri.

Oya, lass uns schlafen gehen.

Hm?

Aber ich möchte dir gern Glauben schenken.

Yuri
...
Du brauchst dir um ihn keine Gedanken mehr zu machen.
Und dennoch
...
Ja.
Ich werde dafür sorgen, dass du nur noch an mich denkst.
... will ich in seinen Armen ein-schlafen.
Ich kann nicht an-ders.

Hinter den Kulissen – Der Kugelhagel geht nieder ...

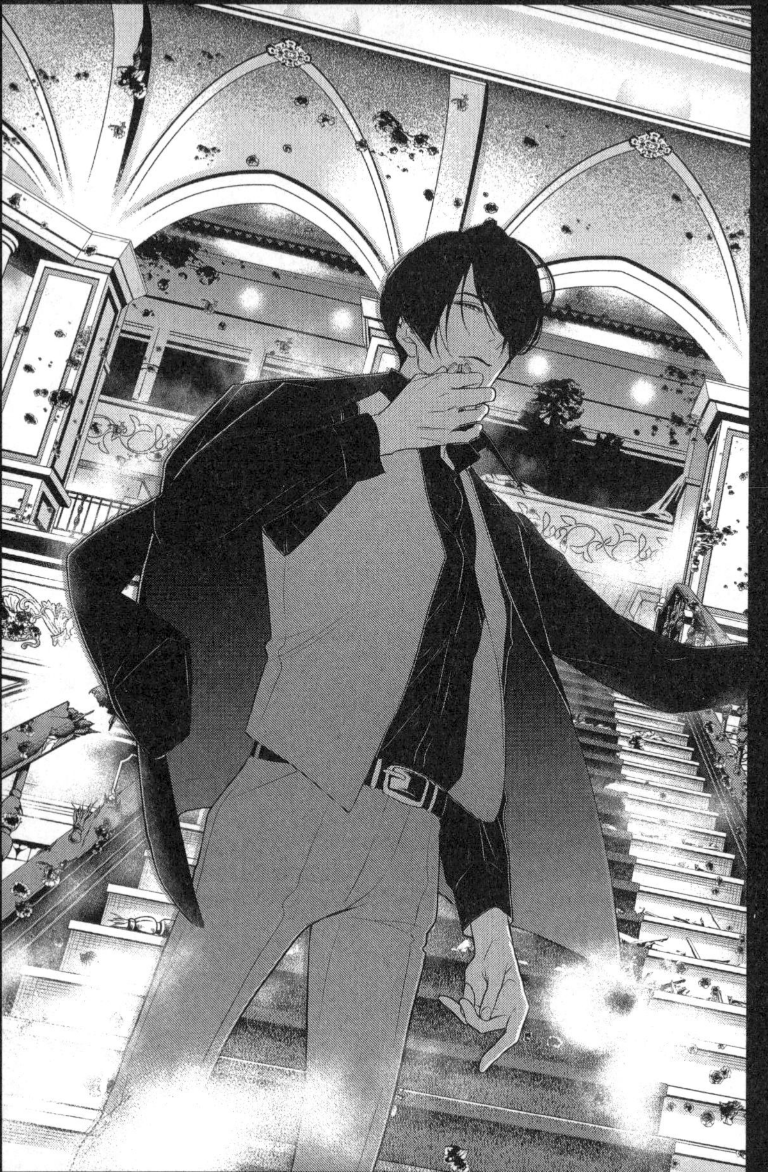

Schuss
09

... werde ich richtig gut nutzen!

Ja. Aber als ich sie fragte, ob sie auch am Abend arbeiten könne, meinte sie sauer, dass sei so nicht abgemacht gewesen.

Ich bekam richtig Angst.

Schwupp

Schwupp

MEND

Kaum zu glauben, dass sie erst eine Woche bei uns ist. Nicht wahr, Chef?

Um etwas Geld zu verdienen, habe ich mir dreimal die Woche die Mittagsschicht eintragen lassen.

Verstanden, Yuri.

Sie arbeitet bereits die Neue ein?!

Das gehört so.

Oya meldet sich meistens am frühen Abend.

Wir sollten ihr eine Gehaltserhöhung geben, Chef.

Hier ist sie zwar sehr gesittet ...

Ja, stimmt!

Bewundernswert!

Yuri ist sooo cool.

Nach dem Essen werde ich nach Hause gehen.

Swt

... aber mit ihrem Freund ist sie bestimmt ganz anders.

Hi hi

Was meinst du?

Swt

Fwwn

デレ

Nomm

んむっ

デレ

Fwwn

Nomm

んむっ

Er ist einfach megacool, mjaa!

Oyaaa!

Wie er einfach aus jedem Winkel hammergut aussieht!

Swt

Swt

Pling

Pling

Leg dir einen Freund zu!♡

So verliebt sind wir ♥

Der schwarze Bikini war die richtige Wahl. ♡

Oh!

Wow, am Meer wäre ich auch gern.

Ich würde ihm gerne meinen Bikini zeigen, aber ich will mit ihm etwas unternehmen, das uns beiden gefällt.

»Bringt mir ein Souvenir mit.«

Mit Oyas Tattoos können wir weder in ein Schwimmbad noch ans Meer fahren.

... das unglaublich glücklich machen.

... würde mich ...

Wenn ich ihn in den Ferien noch ein einziges Mal sehen könnte ...

Ach, das passiert doch nie.

»Wo bist du gerade? Ich lass dich abholen.«

Wir fahren immer weiter hinauf.

Was für eine schöne Gegend! Weit und breit keine Strommasten zu sehen.

Wo sind wir hier?

Yuri, zeig mir dein Gesicht.

Was hast du denn, Oya?

?

Ach, nichts.

Hm?

Hier, bitte.

Ich werde vor lauter Liebe zu dir noch ver-rückt.

Damit hast du mich aber überrascht.

Denn
dieser
Ort
...

Wie viele
Anwesen
besitzt du
denn?

Wie idyllisch das
hier mitten
in der Natur ist!

Danke.

Es freut
mich, dass
es dir hier
gefällt.

... ist nur
für uns
beide bestimmt.

Hm?

Wow!

Woah!

Yuri.

Das ist dein Schlüssel.

Ich werde auch versuchen, stets hierher zurückzukehren.

Du kannst jederzeit hierherkommen.

Das heißt, ich kann ihn ab jetzt noch viel öfter sehen.

Bin ich glücklich!

Hurra!

Fwst

Hm?

Du
hast
...

...meinet-
wegen viel
durchmachen
müssen.

Nach
unserem
Abschied war
ich verunsi-
chert.

»Yuri, wenn
ich noch am
Leben sein sollte,
melde ich mich
bei dir.«

Fwsst

»Hebt
sie ab,
wenn ich
sie anru-
fe?«

Will
sie mich
wiederse-
hen?«

Willst
du dich
hiermit
etwa
...

... für
Shanghai
entschul-
digen?

Oder
möchtest
du ...

...

...

...
überzeu-
gen?

...
von
dir
...

... mich
etwa
...

Ja.

Mit
aller
Kraft.

... beschäftigt hat, überrascht mich.

Dass ihn so etwas ...

Das?! Nein.

Sonst werd ich sauer.

Darf ich es sagen, Oya?

...

Du bist wirklich süß!

Er hat wenig ge-
schlafen.

Für den
heutigen
Tag
...

Er hat sich
zu viele Sor-
gen wegen mir
gemacht.

...

Und
viel gear-
beitet.

...
hat er sich
vermutlich
ziemlich ins
Zeug gelegt.

Mhm

...

Swt
... SUL

Yuri.

... aber
auch Furcht
einflößend.

Und mit
seiner ängst-
lichen Art
...

... wirklich
süß.

Er ist
unglaub-
lich lieb
...

Oya
...

Weißt
du, Oya
...

Ruh dich
gut aus.

Küsse & Schüsse Oyas Fehlschuss

Schuss
10

Hi hi hi ♥

Die Röte vom Alkohol macht mich noch attraktiver, stimmt's?

Nicht wahr?

⬆ Massage nach der Badewanne.

Ein Hoch auf meine Routine!

Obwohl ich gedanklich weg war, habe ich mich ordentlich durchmassiert!

Juhu!

Yuri, du hast es drauf!

Inzwischen sind die Sommerferien zu Ende.

...wieder straff!

Jetzt sind die Beine ...

Piiiiiiep

00:00

Der Massage-Timer.

Ah!

So verbringen wir aktuell unseren Alltag.

Damit niemand unsere Liebe stören kann, haben wir uns hierher zurückgezogen.

Was wir da als verliebtes Pärchen wohl alles anstellen könnten?

Nur wir zwei hier im Haus.

Ich kann an nichts anderes mehr denken.

Selbst wenn ich allein ...

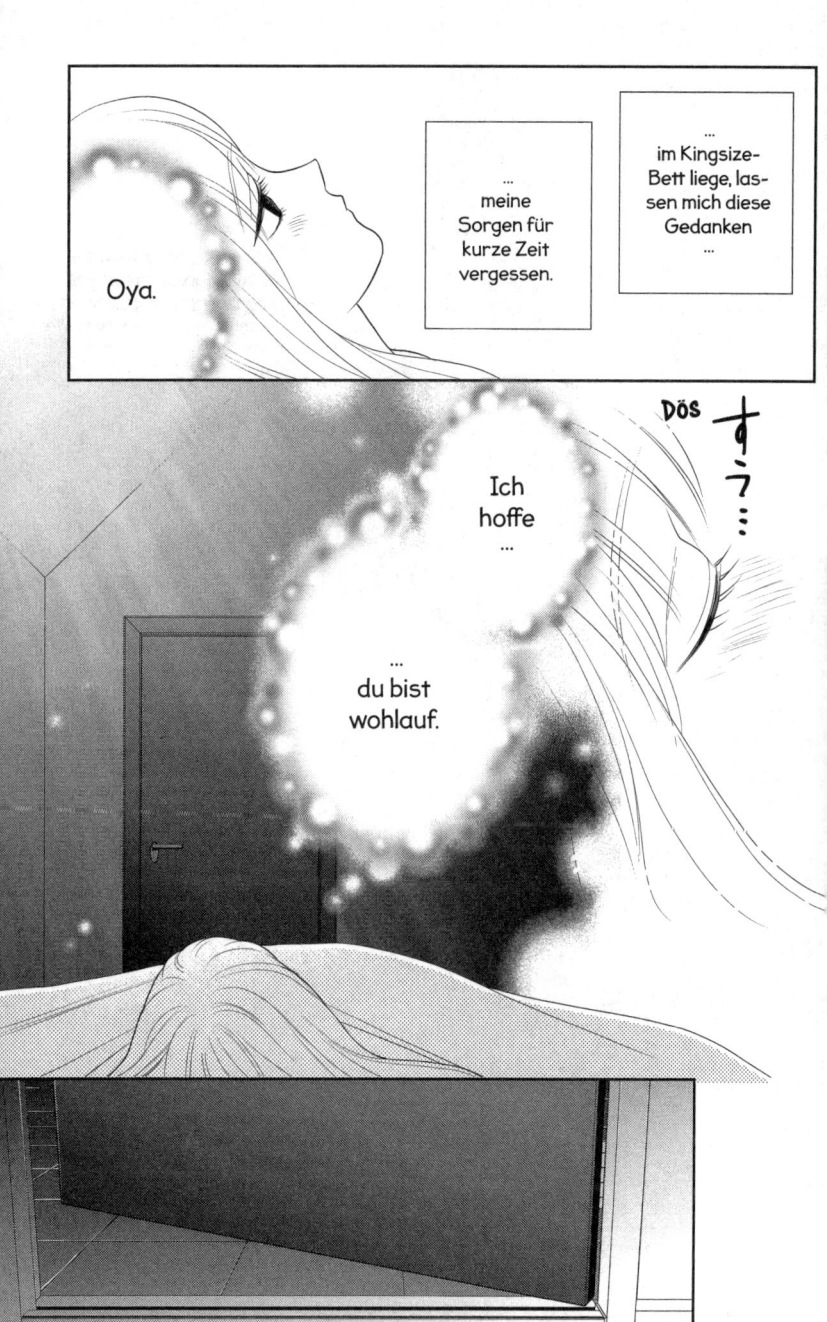

Oya.

Oya?

Hm?

Willkommen
zurück.

Patamm

Yuri, tut mir leid.

Ich wollte dich nicht weck...

Hah

Hah

Hah

Wääh!

Ich dachte,
es wäre nur
ein Traum, und
wollte deshalb
weiterschla-
fen.

Ab jetzt
weckst du
mich immer
auf, wenn du
heimkommst,
okay?

Wahr-
scheinlich
hätte ich
dasselbe
getan.

Mhm

Tut mir
leid.

Du hast so
seelenruhig
geschlafen,
da wollte ich
dich nicht
stören.

Yuri, willst
du etwas
trinken?

Ähm

Ja! Sehr
gerne!

ちょん。Flomp

Ich
helfe
dir.

Okay,
dann hol
ich uns
etwas.

Nein,
bleib
sitzen.

Ein traumhafter Abendtrunk mit Oya wie in meiner Fantasie!

Ich kann mich kaum zurückhalten.«

»Heute bist du besonders sexy, Yuri.

Muhahaha

Tut mir leid, dass es so lang gedauert hat.

Noch schnell die Gelegenheit nutzen und ihm meinen Nacken präsentieren ...

Nur her mit dem Alk!

Kein Problem.

Danke dir.

Muhaha

Dann lass uns ...

... die Nacht in vollen Zügen genießen!

Das über- rascht mich nicht.

Un weil ich scho gut war, wollten schie, dass isch schtatt mit- tagsch abendsch arbeit.

Weiß du, bei meinm Sommerschob hab isch gut verdient.

Hi hi hjk

Ja, genau! Da hascht du rescht.

Ich kann mir gut vorstellen, dass du hervor- ragende Arbeit geleistet hast.

Fwwn

Fwwn

Na, den Abend ...

Neiiin.

Ach, wegen der Uni, nicht wahr?

Und du hast abge- lehnt?

... falsch du disch bei mir meldescht.

... halt isch doch für disch frei ...

Hach!

Du
...

... bist ein-
fach so
niedlich.

... nisch mehr
so viel ge—
trunkn.

Und isch
hab schon
lang
...

Ach,
wirklich?

ク
ス
ッ

Pfft

Hnngh

Hmm

Hm?
Ähm?

Hm?
Wie lang
esch wohl
her isch?

Trinken
hat mir ewig
nicht mehr
so viel Spaß
gemacht.

Hi
hi
hi

Mia
auch.

Yuri.

Aber isch will dir noch den Rescht erzählen.

Es wäre schade um den schönen Abend.

Bitte lass es sein.

Isch hab soo viel Spasch.

Hm? Aber es isch doch luschtig.

Lass uns ins Schlafzimmer gehen.

Komm, Yuri.

103

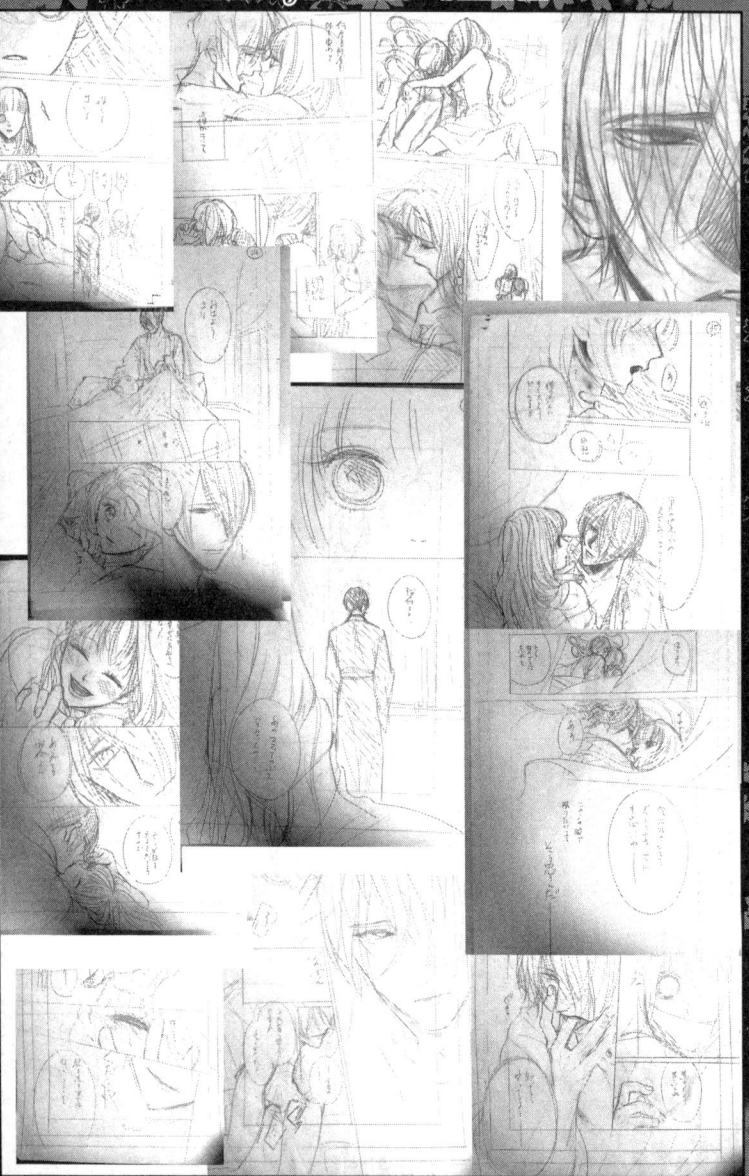

Die Skizzen werde ich auch weiterhin analog zeichnen.

Schuss
03
Nachgeladen

Der
sonst
liebevolle
Oya
...

...
hat mich
gerade hart
bestraft.

Mhhhmmm

ふふふ...

Ich werde nie wieder in diesem stylishen Club arbeiten.

Sooo peinlich!

Wah!
Wah!

Uwaah!
Argh!

Bamm
Bamm

Am liebsten würde ich das alles vergessen.

Ich hab doch dadurch beim Sex etwas dazugelernt.

Nein, warte mal!

Hah!

Küss

Dein Ehrgeiz gefällt mir.

Uwah!

... seit dem Zeitpunkt, ab dem du dich vor lauter Scham im Bett herumgewälzt hast.

Er hat alles mit angehört?!

Fwuaah

Sooo peinlich!

Wupp

Uwah

Huch? Oya, seit wann bist du hier?

Nun ...

Wenn ich ihm das sage, will er mich bestimmt davon abbringen.

Aber
...

...ich dir als Dank für die Ohrringe etwas schenken wollte.

GWPP

Du lügst doch, nicht wahr?

Dodomm

Tzk.

Nein!

Deine Naivität ist ebenfalls reizend.

Es stimmt! Ehrenwort!

W... Wegen eines Geschenks für meinen Papa.

...so einfach bin ich nicht davon abzubringen.

Ihr Blick wandert nervös umher.

Hm?

Agh!

...aber ich möchte dir gern etwas geben.

Du meintest zwar, dass ich dir nichts schenken brauche ...

Deshalb treib mich bitte nicht die Treppen hinauf.

So, es ist raus!

Pfft

Ich werde warten, Oya.

Wenn du zurück-kehrst ...

... werden wir als Nächstes ...

Schuss 03 – Nachgeladen *Ende*

Ein besonderer Dank geht an:

- Euch Leser

- Die Redaktion von *Cheese*!

- Meinen Redakteur Morihara

- Sato vom Bay Bridge Studio, zuständig für das Design

- Alle Mitwirkenden im Druckbereich

- Meine Assistenten: M. Ishida, M. Ishikura, K. Kawai, S. Nakanishi, R. Hurubayashi

- Meine Familie, meine Freunde, meine Katze, Rockmusik und Zigaretten

- Und an alle, die an der Realisierung von *Küsse & Schüsse* mitgewirkt haben.

Ich danke euch!

Mino

Schuss
08
Nachgeladen

Soweit es
uns die Zeit
erlaubt
...

...
versuchen
wir sie in trauter
Zweisamkeit zu
verbringen.

Es gibt eine Methode, sie wegzubekommen.

Hm?

... noble Blässe wieder erstrahlen.

Wink
シャ

Bis wir uns trennen, wird deine ...

Eigentlich haben sie mich glücklich gemacht ...

So was geht?

Hm?

... aber jetzt im Sommer kann ich sie nicht unter der Kleidung verstecken.

...nichts von meinem Geliebten erfahren.

Damit meine Familie und Freunde ...

Ich darf also nicht warten, dass sie von allein verschwinden.

Das ist etwas ...

... nein ...

... extrem schade.

Nein, sie müssen entfernt werden.

... so oder so wegmüssen ...

Aber wenn sie ...

Pwtsch

Nur Oya
und ich
...

Ein
Prinzessin-
nenbett!

...
in diesem
riesigen
Anwesen.

Uwaah!

149

Wir
küssen
uns.

Necken
uns.

Lieben
uns.

Wenn wir hungrig sind, essen wir.

Führen alberne Gespräche.

Lachen.

Und wenn wir wieder Lust bekommen ...

... gehen wir zurück ins Schlafzimmer.

... und hinter- lässt ...

Jeder von uns beiden ...

... dem anderen ein Mal.

Bis wir in den Schlaf fallen.

... sucht nach unberührten Stellen ...

Unsere Male werden nun verschwinden ...

Ja.

... Oya?

Ist es so weit ...

Wenn der Morgen anbricht ...

... werden wir sie auslöschen.

Schuss 08 – Nachgeladen ∗Ende∗

Äh ...
Ja,
hallo?

Hah
...

Ich will
dich un-
bedingt
sehen.

Yuri
...

Toshiomi Oyas Gefühle – Schuss 09 Hinter den Kulissen *Ende*

KÜSSE & SCHÜSSE

Nächster Schuss

Ich will nicht, dass du leidest. Und ich will nicht nur beschützt werden.

Ich werde für dich zu einer starken Frau werden, Oya.

Ihre Liebe zu Oya wächst weiter.

Junge Dame.

Doch dann erscheint vor Yuri plötzlich der Boss des Oya-Clans.

Du soll- test dich besser ...

... von Omi und den Yakuza fernhal- ten.

Band 4 erscheint im November 2021!

Yuri ♥

Über
Nozomi Mino

● Geboren am 12. Februar (Wasser-
mann). Blutgruppe B. Kommt aus Himeji
(Präfektur Hyogo). Macht gerne Spritz-
touren mit dem Auto. Café-Junkie.
● Erstlingswerk *0 Manten* (erschien
im Mai 2006 im *Cheese!*-Magazin)
● Hat eine aktuell laufende Serie bei
Cheese!

Autorengruß

Danke fürs Lesen! Nun ist das Abenteuer
in Shanghai vorbei. Die Liebesgeschichte
dieser beiden Verrückten geht aber noch
weiter. Ich würde mich freuen, wenn ihr
sie weiterhin verfolgt!

Sister & Vampire

Akatsuki

Ein Vampir treibt sein Unwesen und auch Ordensschwester Erna fällt ihm zum Opfer. Doch der verführerische Richter verschont sie und Erna meint, sein gutes Herz zu erkennen. Um ihn zu bekehren, folgt sie ihm und trotzt jeder Gefahr. Wird es ihr gelingen, ihn zu läutern, oder wird sie am Ende selbst auf die dunkle Seite gezogen werden?

Sister & Vampire – Hypnose

Akatsuki

Schwester Alicia wird vom Gift des gut aussehenden Vampirs Albert zur Unzüchtigkeit vor Gott getrieben. Nacht für Nacht schlägt er seine Fänge in ihre zarte Haut und droht sie mit seinen Avancen vom rechten Weg abzubringen. Ist es Grausamkeit, die Albert leitet, oder kann ein Vampir doch echte Liebe verspüren?

30 – Ein Traum von Liebe

Akimi Hata

Shino ist dreißig, im Beruf sehr erfolgreich, aber immer noch Single. Ihre Familie und ihr Umfeld sind der Meinung, sie sollte nun langsam auch heiraten. Und eigentlich denkt Shino das irgendwie auch, da sie es gern geordnet mag. Da spricht sie eines Abends der fast zehn Jahre jüngere Mayuki an und bittet sie, seine Freundin zu werden. So ein junger Kerl ist natürlich nichts zum Heiraten, aber vielleicht hat er ja andere Vorzüge ...?

Du riechst so gut

Kintetsu Yamada

Asako hat beim Parfümhersteller Liliadrop ihren Traumjob gefunden.
Doch was ihre Kollegen nicht wissen: Sie leidet an Hyperhidrose. Nur die
Produkte ihrer Firma verschaffen Linderung. Und die werden vom Duft-
entwickler Kotaro hergestellt, der von Asakos Körpergeruch nicht genug
bekommen kann.

altraverse

Deutsche Ausgabe / German Edition
Altraverse GmbH – Hamburg 2021
Aus dem Japanischen von Victoria Zach

KOI TO DANGAN Vol. 3 by Nozomi MINO
© 2019 Nozomi MINO
All rights reserved.
Original Japanese edition published by SHOGAKUKAN.
German translation rights arranged with SHOGAKUKAN
through The Kashima Agency.
Original Cover Design: Chie SATO + Bay Bridge Studio

Redaktion: Anne Faltin
Herstellung: Madlyn Weyhe
Lettering: Vibrant Publishing Studio

Druck: CPI books GmbH, Leck
Printed in Germany

Alle deutschen Rechte vorbehalten.
ISBN: 978-3-96358-948-5
1. Auflage 2021

www.altraverse.de